中国音乐家协会社会音乐水平考级教材

全国

QUANGUOSHUANGPAIJIANDIANZIQIN
KAOJIZUOPINJI

双排键电子琴

考级作品集 （第二套）练习曲与复调

第一级——第十级

U0133036

主编 王梅贞　　　执行主编 朱 磊 高继勇

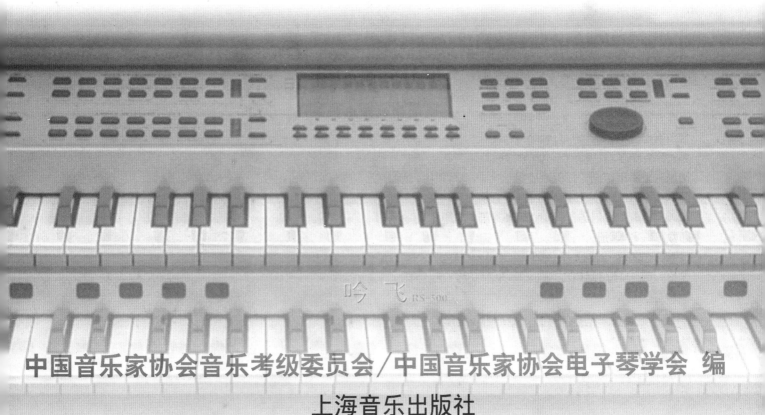

中国音乐家协会音乐考级委员会／中国音乐家协会电子琴学会 编

上海音乐出版社

图书在版编目（CIP）数据

全国双排键电子琴考级作品集（第二套）练习曲与复调 第一级—第十级. 王梅贞主编. 朱磊, 高继勇执行主编. —上海: 上海音乐出版社, 2006.10
　ISBN 7-80667-930-8

　Ⅰ. 全… 　Ⅱ.①王… ②朱… ③高… 　Ⅲ. 电子琴—练习曲—世界—水平考试—教材 　Ⅳ. J657.71

中国版本图书馆 CIP 数据核字（2006）第 092709 号

书　　名：**全国双排键电子琴考级作品集（第二套）**
　　　　　练习曲与复调　第一级——第十级
主　　编：王梅贞
执行主编：朱　磊　高继勇

责任编辑：乔　吟
音像编辑：曹德玲
封面设计：宫　超

上海音乐出版社出版、发行
地址：上海市绍兴路74号　　邮编：200020
上海文艺出版总社网址：www.shwenyi.com
上海音乐出版社网址：www.smph.sh.cn
营销部电子信箱：market@smph.sh.cn
编辑部电子信箱：editor@smph.sh.cn
印刷：上海市印刷二厂有限公司
开本：890×1240　1/16　印张15　插页1　谱、文235面
2006 年 10 月第 1 版　　2006 年 10 月第 1 次印刷
印数：1—3,000册
ISBN 7-80667-930-8/J·889
定价：63.00元（附CD二张，CD-ROM一张）

告读者：如发现本书有质量问题请与印刷厂质量科联系
电　话：021-65419327

前　言

　　受中国音乐家协会音乐考级委员会的委托，中国音协电子琴学会组织编纂了《全国双排键电子琴演奏考级作品集（第二套）》。

　　此次推出双排键电子琴考级教材，是对中国电子琴教育的又一次开拓和推动。在过去的二十多年中，电子琴教育在中国从无到有，从萌芽到成熟，从无序到有序，取得了令人瞩目的成就。此次编写的双排键电子琴考级曲目，既有老一辈艺术家的作品，也不乏年轻人的创作；既有外国经典曲目，更有我们民族文化精品。是对近年来我国双排键电子琴作品的一次汇总。

　　本次编写级别为一级至十级，分两册出版。第一册内容为基本练习、练习曲与复调部分。第二册为乐曲部分。

　　"基本练习"部分的编写，与以往不同。要求在一个连贯性的演奏中，分别涉及到音阶、琶音、和弦与终止式，使这些基本技术融在一个完整的段落中，一气呵成。尤其是"主、下属、属"三个和弦安排到音阶琶音中的做法，是希望学生们在训练基本技巧的同时能够兼顾和声的听觉训练。

　　"练习曲"与"复调"部分无论从曲目风格还是改编手法上，是相当统一的。练习曲全部改编自车尔尼钢琴练习曲，复调全部改编自巴赫的作品。这些经过改编的曲目不同于钢琴作品，都具有着双排键电子琴独特的"手足并用"的演奏方式和音色设计，乐谱也是用上键盘、下键盘和脚键盘三行记谱，希望学生们能够喜爱。演奏的要点在后面有专门的介绍，在此就不再赘述。

　　"乐曲"是本教材中最庞大的部分，共有61首，全部由国内各地的老师改编和创作。这些乐曲特色突出、风格多样，其中中国作品占27首。这里需要提醒大家的是：乐谱上的功能操作标记很多，希望大家仔细阅读后面的"乐谱标记注释"，区分各个标记的动作指示，以便顺利的完成演奏。

　　本套教材一共含有六张光盘。分别是：

　　练习曲参考演奏CD；复调参考演奏CD；乐曲参考演奏CD（部分曲目）；练习曲与复调音色数据光盘；乐曲音色数据光盘（全部曲目）；DVD演奏欣赏光盘。希望这些资料能够为大家的学习提供全面的帮助。（音色数据光盘的用法见乐谱标记注释）。

　　如今，全国八大专业音乐院校已全部开设了双排键电子琴本科、附中、研究生的专业方向，众多的艺术院校也正在纷纷建立或筹备专业学科。此套考级作品的推出，将促进电子琴的普及教育与专业教育更好的接轨，使电子琴教育体系更加完善。同时也希望考生通过电子琴的学习，更加热爱音乐和感受快乐！

编　者

2006年7月

考级曲目要求

1—2 级

1. 基本练习抽查一首

2. 练习曲自选一首

3. 乐曲自选一首

3—7 级

1. 基本练习抽查一首

2. 练习曲自选一首

3. 复调自选一首

4. 乐曲自选一首

8—10 级

1. 练习曲自选一首

2. 复调自选一首

3. 乐曲自选一首

——注意事项——

1. 参考演奏仅仅作为参考,速度及音乐处理可根据自身的技术情况和对音乐的独立见解而有变化。(乐谱附带 CD 是一部分乐曲的参考演奏,其他乐曲的参考演奏会逐步放在以下网站)

2. 本书中的音色是在 YAMAHA EL-900 型号上制作的,如果您在其他品牌、型号的乐器上演奏时可能需要一定的音色调整。为了方便众多考生的学习,以下网站会逐步提供为其他品牌和型号而制作的考级乐曲音色。

如对乐谱有疑问或发现错误请登陆以下网站跟我们联系

www.organchina.net

中国双排键电子琴在线

练习曲演奏说明

车尔尼练习曲一直是被我国键盘界所认可和惯用的练习曲教材，它比较严谨、规范，深受教师和学生们的喜爱。此次考级选用的曲目，分别改编自车尔尼钢琴练习曲作品 599、849、299 和 740。改编后的曲目不仅在演奏形式上变为双排键电子琴的模式（上、下、脚键盘一起演奏），也对原来的作品进行了简单的配器，所以在你弹奏这些练习曲时所听到的，已经不再是钢琴的作品，而是一首首音色丰富，风格多样的作品了。这就要求学生在学习过程中学习和了解各个音色、乐器的性格和特点；熟悉并掌握它们的各种奏法；倾听由此产生的不同风格，这样才能真正地弹好这些练习曲。

注意要点：

1. 不同的乐器型号在音色方面略有差异，可自行进行各方面的调整。

2. 要根据音色和乐器的种类来体会强弱的含义和乐句的起伏。希望教师能够教授学生乐器法方面的知识和相应的奏法。

3. 不同的奏法和键盘触感会使演奏起来产生不同的效果，可在练习过程中调整到自己适合的力度设置。

4. 由于音域的问题，许多更换音色是调整旋律高低八度，要找到切换音色准确的位置。

巴赫复调演奏说明

双排键电子琴与管风琴在外形（上键盘、下键盘、脚键盘）；演奏形式（双手、双脚并用）；记谱法（三行谱）等的酷似，加之利用双排键电子琴的各种功能逼真地模拟管风琴的音效，使它在表现管风琴乐曲的风貌时，有如身临其境之感。

采用巴赫的管风琴乐曲作为双排键电子琴教材，一方面可以训练演奏者掌握多声部复调音乐的演奏技能，另一方面可以深入学习以巴赫为代表的巴洛克时期的音乐风格和作曲技法，这对双排键电子琴的教学是不可或缺的。

对本书巴赫音乐作品乐谱特作如下说明：

1. 音色记忆的变换主要目的是为脚键盘低音音域的扩充。乐谱中的第三行（脚键盘）中无符杆符头是实际音高的提示音。

2. 乐谱中标有"※"记号处是使用右手切换音色记忆，"☆"为左手切换音色记忆。

3. 乐谱中的第三行（脚键盘）中的"∧""∪"分别为脚尖和脚跟，而标记在乐谱的下方为左脚演奏，标记在乐谱的上方为右脚演奏。

4. 乐谱中标出的指法及脚法仅作参考，演奏者可根据自身条件自行设计双手的指法及双脚的脚法。演奏者在设计指法和脚法时，应注意使乐曲中的每个声部尽量赋予独立的歌唱感，切忌由于指法及脚法设计不当影响音乐的完美。而同音换指、同音换脚的技术应在复调音乐作品中广泛地被使用。

目　　录

前言

考级曲目要求与注意事项

练习曲与复调演奏说明

一级　　基本练习

C大调

基 本 练 习

a 小 调

第 一 首

选自《车尔尼练习曲作品599》第12课

mini CD	DISK	1 级
EL-900	SONG	1

车 尔 尼曲
朱 磊编曲

第 二 首

选自《车尔尼练习曲作品599》第13课

mini CD	DISK	1 级
EL-900	SONG	2

车 尔 尼 曲
朱 磊 编曲

第 三 首

选自《车尔尼练习曲作品599》第15课

mini CD	DISK	1 级
EL-900	SONG	3

车 尔 尼 曲

朱 磊 编曲

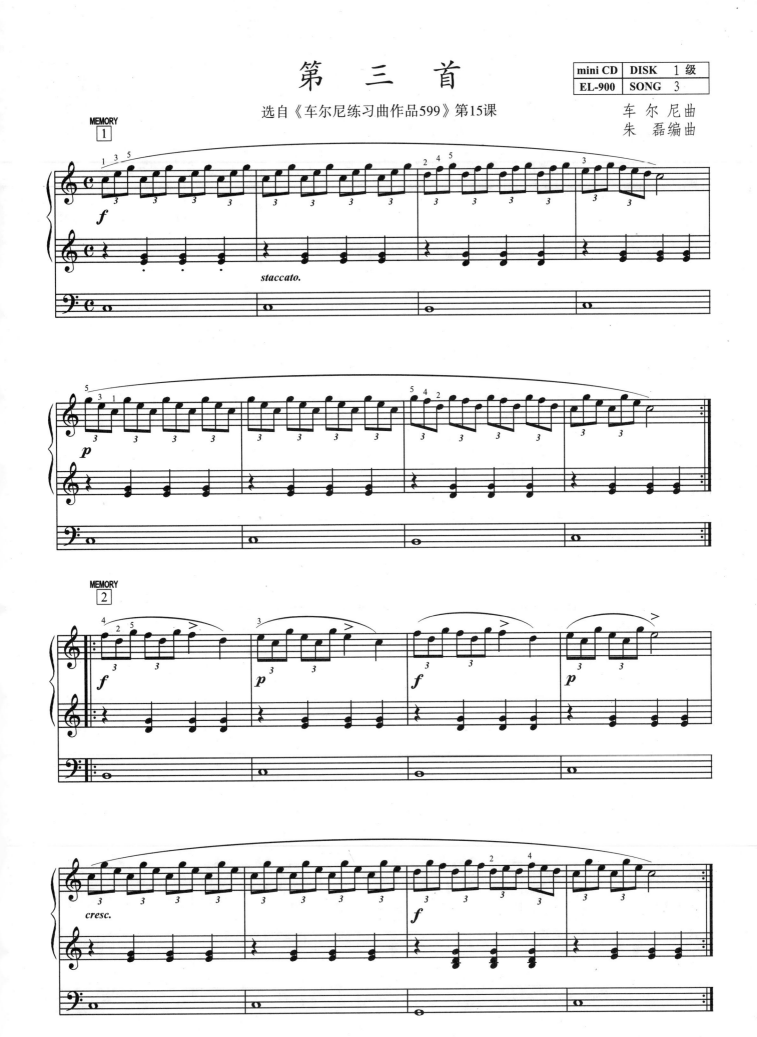

第 四 首

选自《车尔尼练习曲作品599》第16课

mini CD	DISK	1 级
EL-900	SONG	4

车 尔 尼 曲

朱 磊 编曲

第 五 首

选自《车尔尼练习曲作品599》第17课

mini CD	DISK	1	级
EL-900	SONG	5	

车 尔 尼曲

朱 磊编曲

二级 　　基本练习

G大调

基本练习

e 小调

基 本 练 习

F 大 调

基本练习

d小调

第 一 首

选自《车尔尼练习曲作品599》第18课

mini CD	DISK	2 级
EL-900	SONG	1

车 尔 尼 曲
朱 磊 编曲

第 二 首

选自《车尔尼练习曲作品599》第20课

mini CD	DISK	2 级
EL-900	SONG	2

车 尔 尼曲
朱 磊编曲

第 三 首

选自《车尔尼练习曲作品599》第25课

mini CD	DISK	2 级
EL-900	SONG	3

车 尔 尼曲

朱 磊编曲

第 四 首

选自《车尔尼练习曲作品599》第28课

mini CD	DISK	2 级
EL-900	SONG	4

车 尔 尼曲
朱 磊编曲

第 五 首

选自《车尔尼练习曲作品599》第30课

mini CD	DISK	2 级
EL-900	SONG	5

车 尔 尼 曲
朱 磊 编曲

基本练习

D 大调

基本练习

b 小 调

基本练习

bB大调

基 本 练 习

g 小 调

第 一 首

选自《车尔尼练习曲作品599》第41课

mini CD	DISK	3 级
EL-900	SONG	1

车 尔 尼曲
朱 磊编曲

第 二 首

选自《车尔尼练习曲作品599》第45课

mini CD	DISK	3 级
EL-900	SONG	2

车 尔 尼 曲
朱 磊 编曲

第 三 首

选自《车尔尼练习曲作品599》第56课

mini CD	DISK	3 级
EL-900	SONG	3

车 尔 尼 曲
朱 磊 编曲

Fine.

Da Capo al Fine

第 四 首

选自《车尔尼练习曲作品599》第60课

mini CD	DISK	3 级
EL-900	SONG	4

车 尔 尼 曲
朱 磊 编曲

第 五 首

选自《车尔尼练习曲作品599》第68课

mini CD	DISK	3 级
EL-900	SONG	5

车 尔 尼曲
朱 磊编曲

第 一 首

BWV Anh.114

mini CD	DISK 3 级
EL-900	SONG 6

J.S.BACH曲
高继勇编曲

第 二 首

BWV Anh.115

mini CD	DISK 3 级
EL-900	SONG 7

J.S.BACH曲

高继勇编曲

第 三 首

BWV Anh.122

mini CD	DISK 3 级
EL-900	SONG 8

J.S.BACH曲
高继勇编曲

第 四 首

BWV 996

mini CD	DISK 3 级
EL-900	SONG 9

J.S.BACH曲
高继勇编曲

基本练习

A大调

34

基 本 练 习

基 本 练 习

♭E大 调

36

基 本 练 习

c 小 调

第 一 首

选自《车尔尼练习曲作品849》第2课

mini CD	DISK	4 级
EL-900	SONG	1

车 尔 尼 曲
朱 磊 编曲

第 二 首

选自《车尔尼练习曲作品849》第6课

mini CD	DISK	4 级
EL-900	SONG	2

车 尔 尼 曲
朱 磊 编曲

第 三 首

选自《车尔尼练习曲作品849》第11课

mini CD	DISK	4 级
EL-900	SONG	3

车 尔 尼曲
朱 磊编曲

第 四 首

选自《车尔尼练习曲作品299》第6课

mini CD	DISK	4 级
EL-900	SONG	4

车 尔 尼 曲
朱 磊 编曲

Molto allegro

第 五 首

选自《车尔尼练习曲作品299》第22课

mini CD	DISK	4 级
EL-900	SONG	5

车 尔 尼曲

朱 磊编曲

第 一 首

BWV 942

mini CD	DISK 4 级
EL-900	SONG 6

J.S.BACH曲

高继勇编曲

Allegro Moderato

第 二 首

BWV 934

mini CD	DISK 4 级
EL-900	SONG 7

J.S.BACH曲
高继勇编曲

第 三 首

BWV 808

mini CD	DISK 4 级
EL-900	SONG 8

J.S.BACH曲
高继勇编曲

第 四 首

BWV 767 Ⅳ

mini CD	DISK 4 级
EL-900	SONG 9

J.S.BACH曲
高继勇编曲

基 本 练 习

E 大 调

基 本 练 习

#c 小 调

基本 练习

bA 大 调

基本练习

f 小 调

第 一 首

选自《车尔尼练习曲作品849》第12课

mini CD	DISK	5 级
EL-900	SONG	1

车 尔 尼曲
朱 磊编曲

58

60

第 二 首

选自《车尔尼练习曲作品849》第13课

mini CD	DISK	5 级
EL-900	SONG	2

车 尔 尼曲

朱 磊编曲

第 三 首

选自《车尔尼练习曲作品299》第11课

mini CD	DISK	5 级
EL-900	SONG	3

车 尔 尼 曲
朱 磊 编曲

第 四 首

选自《车尔尼练习曲作品849》第19课

mini CD	DISK	5 级
EL-900	SONG	4

车 尔 尼曲

朱 磊编曲

第 五 首

选自《车尔尼练习曲作品299》第27课

mini CD	DISK	5	级
EL-900	SONG	5	

车 尔 尼 曲

朱 磊 编曲

第 一 首

BWV 703

J.S.BACH曲
高继勇编曲

第 二 首

BWV 704

mini CD	DISK	5 级
EL-900	SONG 7	

J.S.BACH曲
高继勇编曲

第 三 首

BWV 698

mini CD	DISK 5 级
EL-900	SONG 8

J.S.BACH曲

高继勇编曲

MEMORY
1

L.K.

第 四 首

BWV 768 Ⅲ

mini CD	DISK 5 级
EL-900	SONG 9

J.S.BACH曲

高继勇编曲

MEMORY
1

六级　　基本练习

B 大调

基本练习

#g 小调

基 本 练 习

♭D大调

基 本 练 习

♭b 小 调

第 一 首

选自《车尔尼练习曲作品849》第28课

mini CD	DISK	6 级
EL-900	SONG	1

车 尔 尼曲

朱 磊编曲

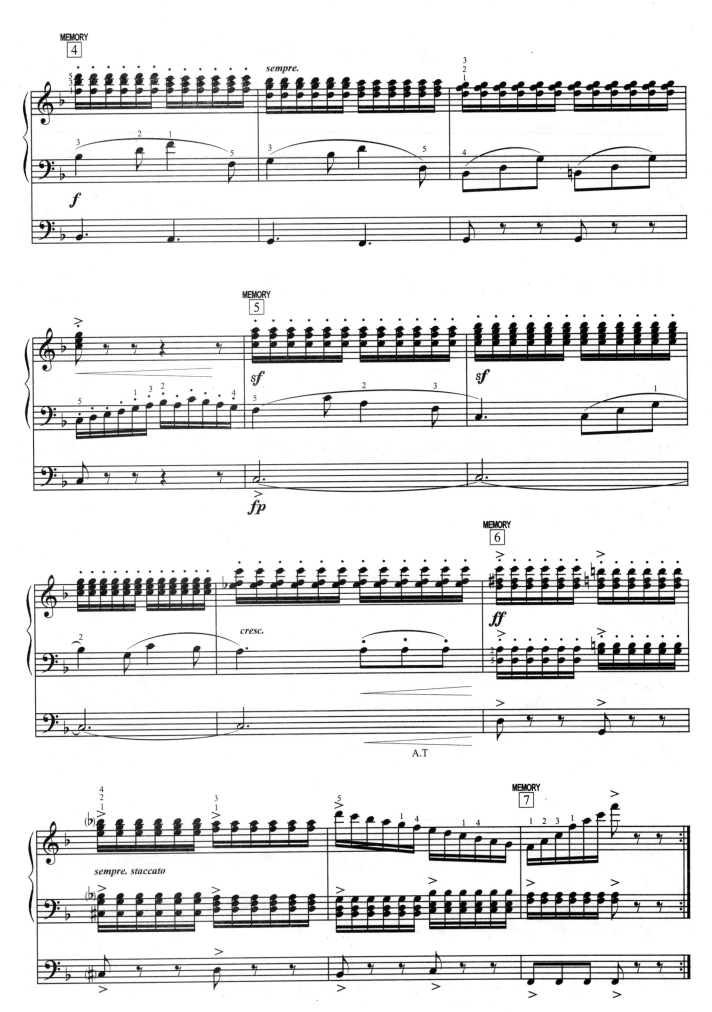

第 二 首

选自《车尔尼练习曲作品299》第7课

mini CD	DISK	6 级
EL-900	SONG	2

车 尔 尼 曲
朱 磊编曲

第 三 首

选自《车尔尼练习曲作品299》第8课

mini CD	DISK	6 级
EL-900	SONG	3

车 尔 尼 曲
朱 磊 编曲

Molto allegro

第 四 首

选自《车尔尼练习曲作品849》第26课

mini CD	DISK	6 级
EL-900	SONG	4

车 尔 尼曲
朱 磊编曲

第 五 首

选自《车尔尼练习曲作品299》第15课

mini CD	DISK	6 级
EL-900	SONG	5

车 尔 尼 曲

朱 磊 编曲

第 一 首

BWV 619

mini CD	DISK 6 级
EL-900	SONG 6

J.S.BACH曲
高继勇编曲

In Canone alla Duodecima

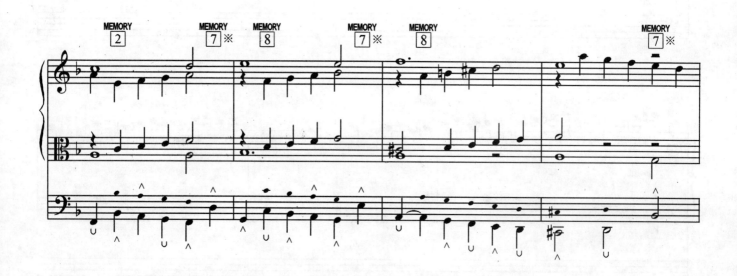

第 二 首

BWV 626

| mini CD | DISK 6 级 |
| EL-900 | SONG 7 |

J.S.BACH曲
高继勇编曲

第 三 首

BWV 629

mini CD	DISK 6 级
EL-900	SONG 8

J.S.BACH曲
高继勇编曲

In Canone all' Ottava

第 四 首

BWV 631

mini CD	DISK 6 级
EL-900	SONG 9

J.S.BACH 曲

高继勇编曲

七级 基 本 练 习

♭G 大调

基本练习

be 小调

第 一 首

选自《车尔尼练习曲作品299》第19课

mini CD | DISK 7 级
EL-900 | SONG 1

车 尔 尼曲
朱 磊编曲

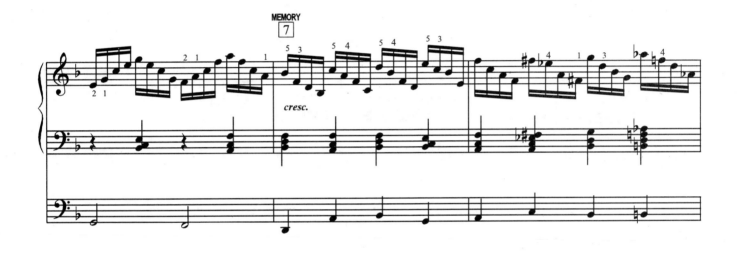

第 二 首

选自《车尔尼练习曲作品299》第21课

mini CD	DISK	7 级
EL-900	SONG	2

车 尔 尼曲
朱 磊编曲

第 三 首

选自《车尔尼练习曲作品849》第15课

mini CD	DISK	7 级
EL-900	SONG	3

车 尔 尼 曲
朱 磊 编曲

第 四 首

选自《车尔尼练习曲作品299》第34课

| mini CD | DISK | 7 级 |
| EL-900 | SONG | 4 |

车 尔 尼 曲
朱 磊 编曲

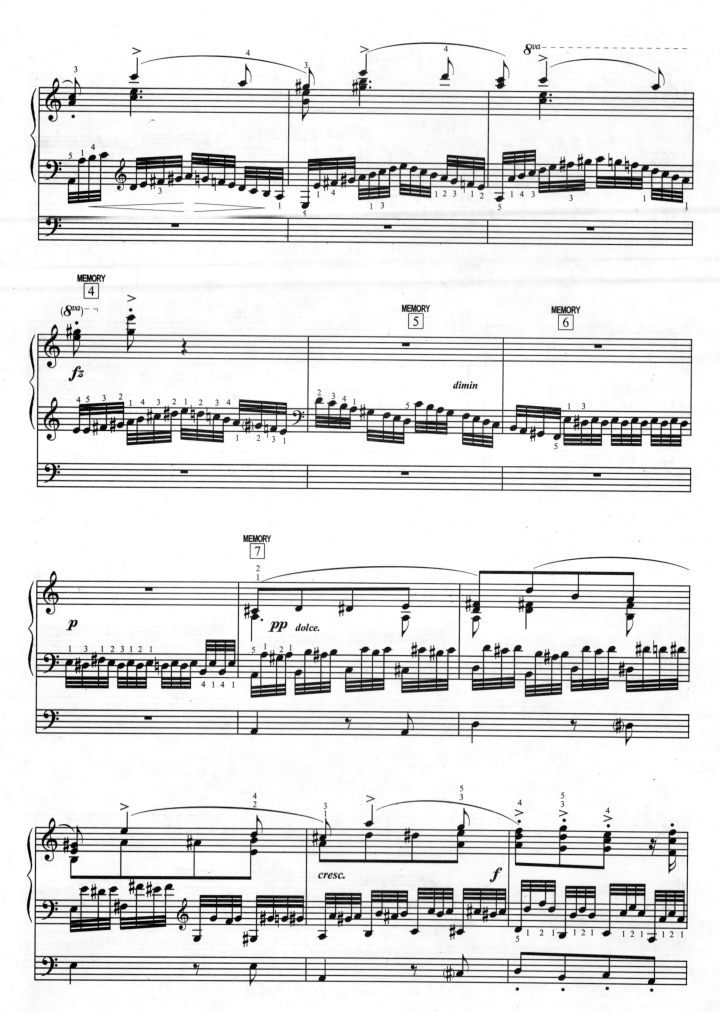

116

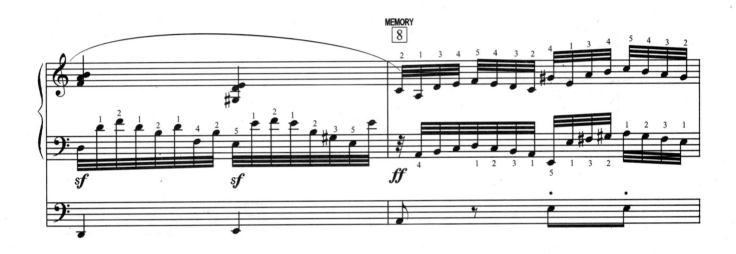

第 一 首

BWV 605

mini CD	DISK 7 级
EL-900	SONG 5

J.S.BACH曲
高继勇编曲

118

119

第 二 首

BWV 618

mini CD	DISK 7 级
EL-900	SONG 6

J.S.BACH曲
高继勇编曲

Adagio Canone alla Quinta

第 三 首

BWV 638

mini CD	DISK 7 级
EL-900	SONG 7

J.S.BACH曲
高继勇编曲

第 四 首

BWV 599

mini CD	DISK 7 级
EL-900	SONG 8

J.S.BACH曲
高继勇编曲

126

第 一 首

选自《车尔尼练习曲作品740》第13课

mini CD | DISK | 8 级
EL-900 | SONG | 1

车 尔 尼曲
朱 磊编曲

第 二 首

选自《车尔尼练习曲作品740》第35课

mini CD	DISK	8 级
EL-900	SONG	2

车 尔 尼曲
朱　磊编曲

134

第 三 首

选自《车尔尼练习曲作品740》第29课

mini CD	DISK	8 级
EL-900	SONG	3

车 尔 尼 曲
朱 磊 编曲

135

138

第 四 首

选自《车尔尼练习曲作品740》第9课

车 尔 尼曲
朱 磊编曲

第 一 首

BWV 610

mini CD	DISK 8 级
EL-900	SONG 5

J.S.BACH 曲

高继勇编曲

Largo

146

第 二 首

BWV 611

mini CD	DISK 8 级
EL-900	SONG 6

J.S.BACH曲
高继勇编曲

Adagio

148

第 三 首

BWV 607

miniCD	DISK 8 级
EL-900	SONG 7

J.S.BACH曲
高继勇编曲

150

第 四 首

BWV 601

miniCD	DISK 8 级
EL-900	SONG 8

J.S.BACH曲

高继勇编曲

152

九级

第 一 首

选自《车尔尼练习曲作品740》第20课

mini CD	DISK	9 级
EL-900	SONG	1

车 尔 尼曲
朱 磊编曲

Molto vivace.

154

第 二 首

选自《车尔尼练习曲作品740》第40课

mini CD	DISK	9 级
EL-900	SONG	2

车 尔 尼曲
朱 磊编曲

162

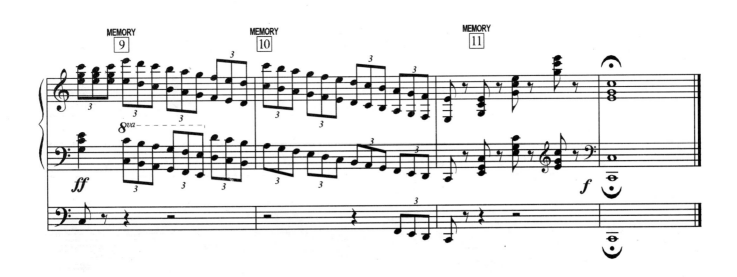

第 三 首

选自《车尔尼练习曲作品740》第11课

mini CD	DISK	9 级
EL-900	SONG	3

车 尔 尼 曲

朱 磊 编曲

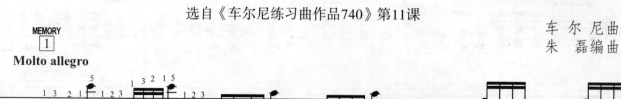

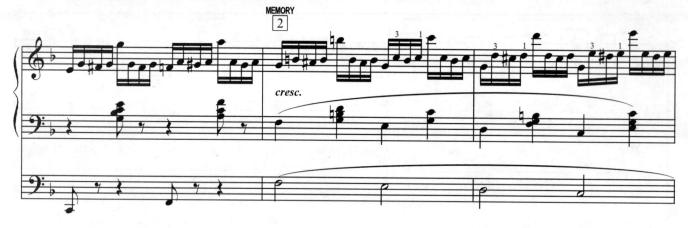

第 四 首

选自《车尔尼练习曲作品740》第7课

mini CD	DISK	9 级
EL-900	SONG	4

车 尔 尼 曲
朱 磊 编曲

第 一 首

BWV 617

mini CD	DISK 9 级
EL-900	SONG 5

J.S.BACH曲
高继勇编曲

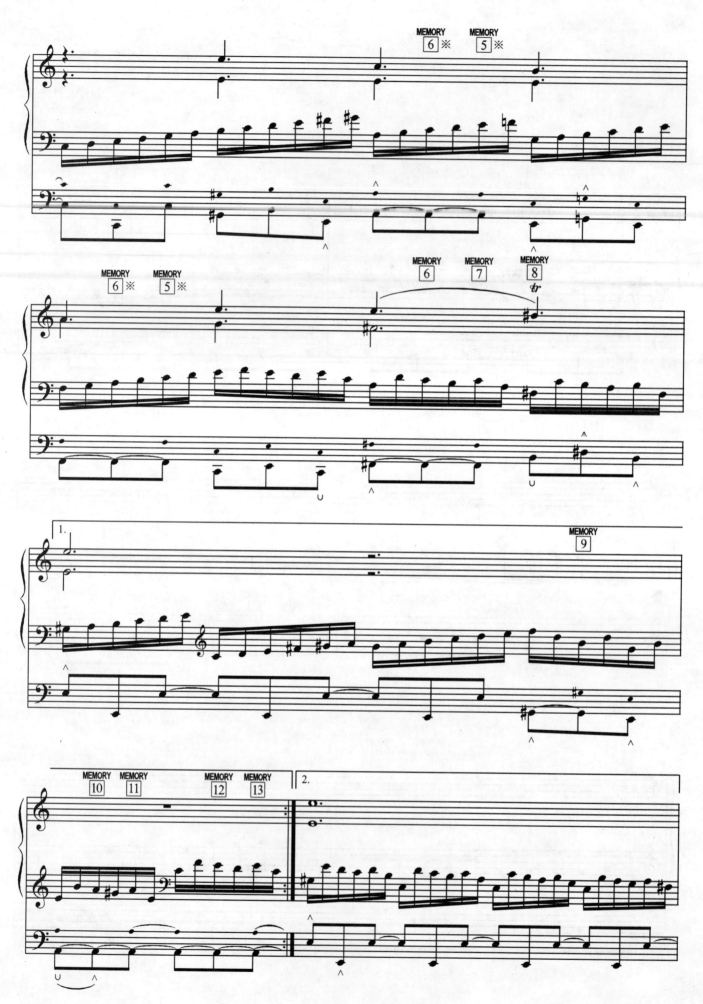

177

178

第 二 首

BWV 608

mini CD	DISK 9 级
EL-900	SONG 6

J.S.BACH曲
高继勇编曲

第 三 首

BWV 641

mini CD	DISK 9 级
EL-900	SONG 7

J.S.BACH曲
高继勇编曲

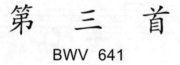

第 四 首

BWV 630

mini CD	DISK 9 级
EL-900	SONG 8

J.S.BACH曲
高继勇编曲

MEMORY 2   MEMORY 3

MEMORY 4

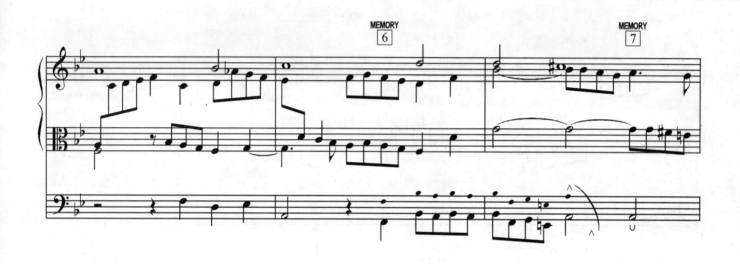

第 一 首

十级

选自《车尔尼练习曲作品740》第12课

mini CD | DISK 10 级
EL-900 | SONG 1

车 尔 尼曲
朱 磊编曲

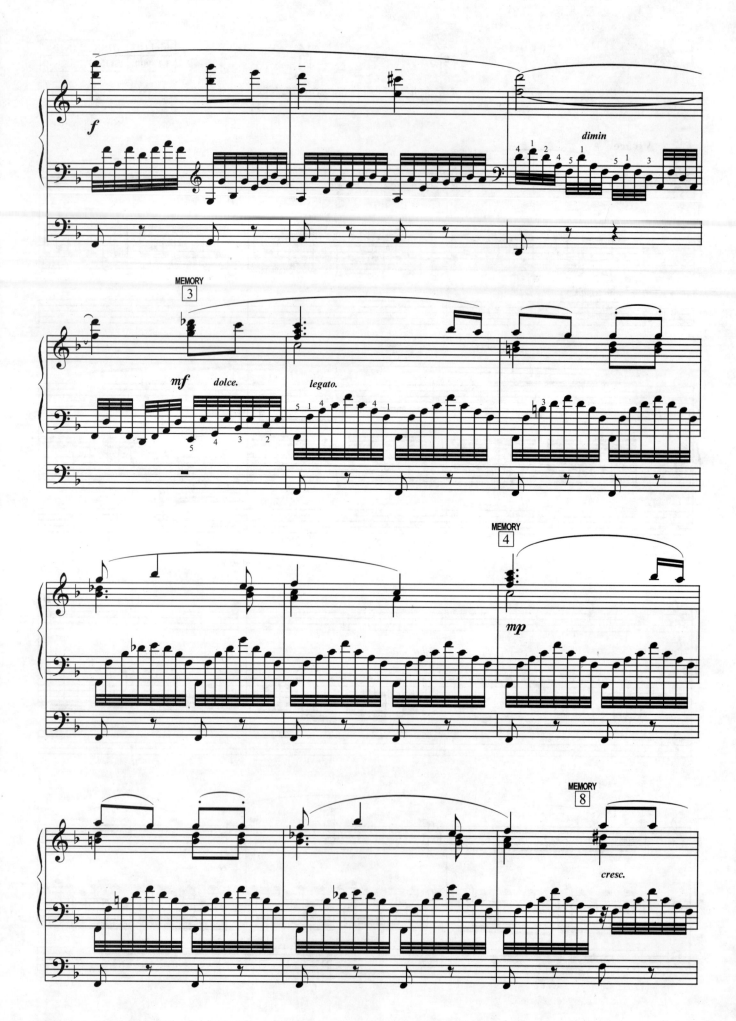

188

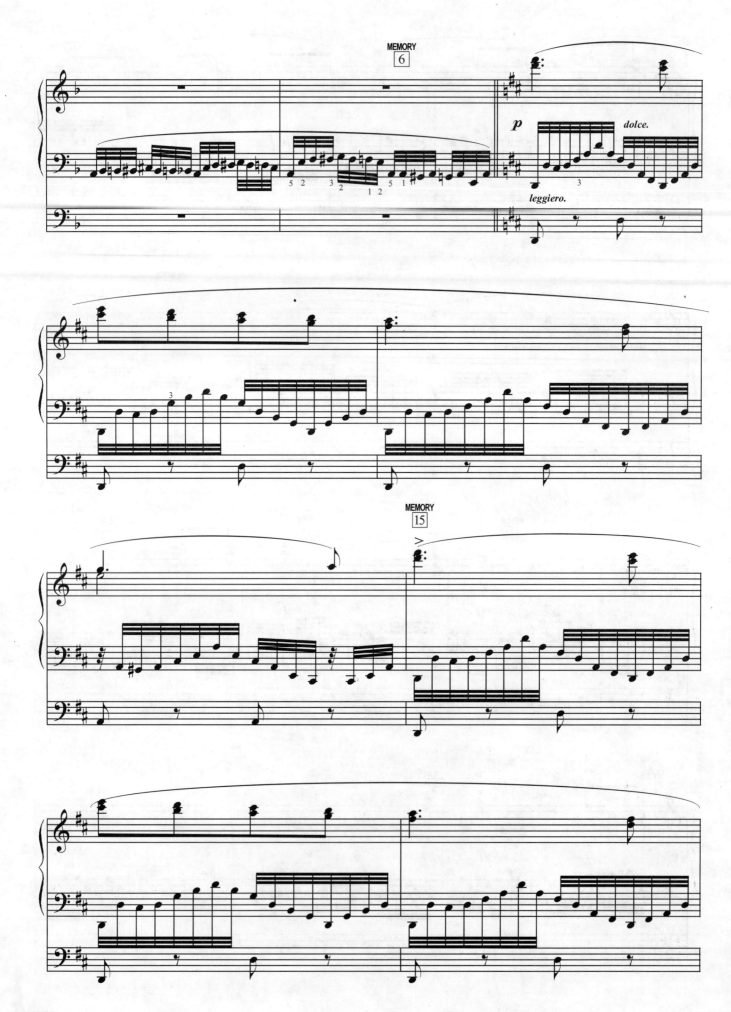

190

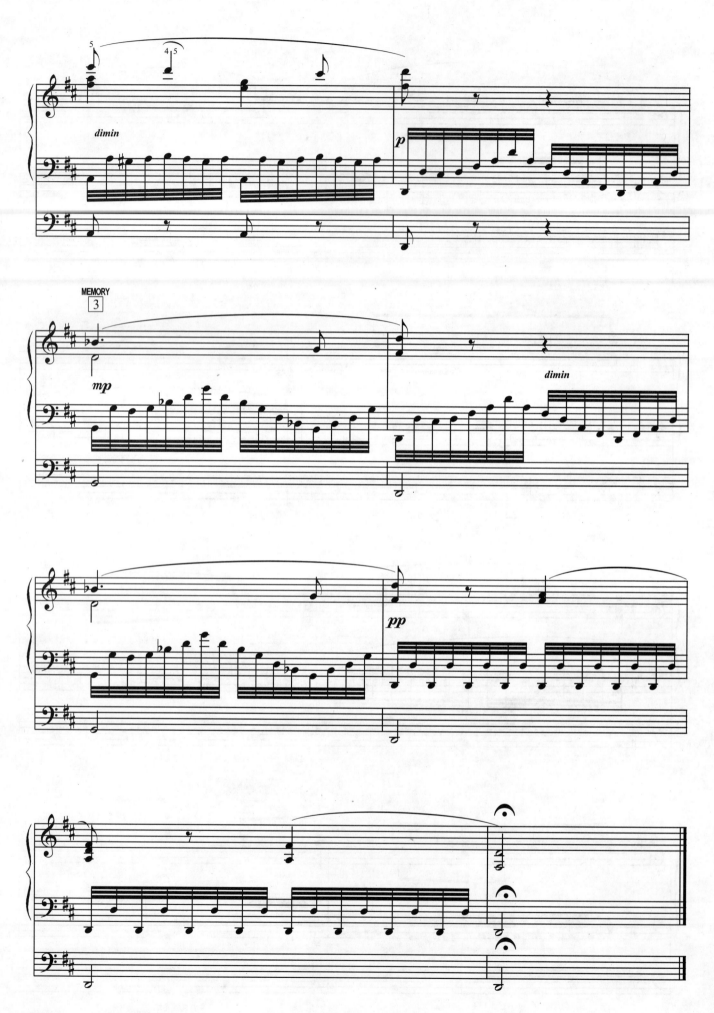

第 二 首

选自《车尔尼练习曲作品740》第44课

mini CD	DISK	10 级
EL-900	SONG	2

车 尔 尼曲

朱 磊编曲

第 三 首

选自《车尔尼练习曲作品740》第31课

mini CD	DISK	10 级
EL-900	SONG	3

车 尔 尼曲

朱 磊编曲

200

第 四 首

选自《车尔尼练习曲作品740》第24课

mini CD	DISK	10 级
EL-900	SONG	4

车 尔 尼 曲

朱 磊 编曲

MEMORY
1

Molto vivace

203

第 一 首

BWV 622

mini CD	DISK 10 级
EL-900	SONG 5

J.S.BACH曲
高继勇编曲

MEMORY
6 ※

209

210

第 二 首

BWV 615

mini CD	DISK 10 级
EL-900	SONG 6

J.S.BACH 曲
高继勇 编曲

第 三 首

BWV 627

mini CD	DISK 10 级
EL-900	SONG 7

J.S.BACH曲

高继勇编曲

Vers 1

218

220

第 四 首

BWV 768X

mini CD	DISK 10级
EL-900	SONG 8

J.S.BACH曲
高继勇编曲

222

U.K. (UPPER KEYBOARD)	● 在上键盘演奏
L.K. (LOWER KEYBOARD)	● 在下键盘演奏
P.K. (PEDAL KEYBOARD)	● 在脚键盘演奏
I.T. (INITIAL TOUCH)	● 依靠击键的轻重来表现强弱的奏法
A.T. (AFTER TOUCH)	● 依靠触键后的压键来表现强弱的奏法
P.B. (PITCH BEND)	● 弯音轮；依靠第二表情踏板来演奏滑音的奏法
H.P.B. (HORIZONTAL TOUCH PITCH BEND)	● 水平触键弯音轮；依靠手指水平晃动来改变音高的奏法，只有在 EI-900 系列及 Stagea-01 系列型号具备此功能
r.h.	● 用右手演奏
l.h.	● 用左手演奏
MEMORY □1	● 音色记忆 1
MEMORY (□1)	● 反复后第二次演奏时为音色记忆 1
NEXT ▣	● 用脚踢动表情踏板右开关，读出下一个 Song 的音色
MDR SONG PLAY ▢▢▢	● 用手动方式读出 Song "X" 的音色
(2nd time)	● 第二次
RHYTHM START On	● 节奏开启
RHYTHM STOP	● 节奏关闭
RHYTHM SYNCHRO START On.	● 节奏同步功能开启
INTRO ON	● 前奏开启
FILL IN ON	● 插入开启
SEQ.① On.	● 序列 1 开启
SEQ.① On, RHYTHM SYNCHRO START On	● 序列 1 开启，节奏同步功能开启
INTRO+RHYTHM SYNCHRO START On.	● 前奏开启，节奏同步功能开启
FOOT SWITCH—START	● 用脚踢动表情踏板左开关开启节奏
FOOT SWITCH—STOP	● 用脚踢动表情踏板左开关关闭节奏
FOOT SWITCH—FILL IN	● 用脚踢动表情踏板左开关开启插入
FOOT SWITCH—ENDING	● 用脚踢动表情踏板左开关开启尾奏
FOOT SWITCH—INTRO	● 用脚踢动表情踏板左开关开启前奏
FOOT SWITCH—GLIDE	● 用脚踢动表情踏板左开关演奏滑音

音色磁盘使用方法

乐谱附带的小数据光盘　　　小数据光盘中的文件夹名称

mini CD	DISK	X 级
EL-900	SONG	X

音色对应的乐器型号　　　　乐曲演奏音色在磁盘中的位置

1、将3.5寸软盘放入电脑软驱。
2、将小数据光盘（mini Disk）放到电脑中，打开你要演奏的级别文件夹。
3、将该级别文件夹中所有资料复制到软盘中。（一张软盘只能保存一个级别文件夹内的资料）
4、将3.5寸软盘取出，放到双排键的软驱中。
5、找到你要演奏乐曲的音色位置，按PLAY键读出音色资料，开始演奏。

音乐表情术语及速度力度标记

Grave	庄板	Largo	广板
Lento	慢板	Adagio	柔板
Andante	行板	Andantino	小行板
Moderato	中板	Allegretto	小快板
Allegro	快板	Vivo	快速有生气
Vivace	快速有生气	Presto	急板
Molto	很	assai	非常
Meno	稍少一些	possible	尽可能
poco	一点点	piu	更
non troppo	但不过甚	sempre	始终，一直
riten.(ritenuto)	突慢	allargando	渐慢渐强
smorzando	渐慢渐弱	accelerando	渐快
stringendo	渐快	rall(rallentando)	渐慢
a tempo	恢复原速	tempo rubato	速度较自由
pp	很弱	p	弱
mp	中弱	mf	中强
f	强	ff	很强
sf	突强	fp	强后即弱
accent	重音	cresc.(crescendo)	渐强
dim.(diminuendo)	渐弱	poco a poco	逐渐
agitato	激动不安地	amabile	愉快地
animato	生动活泼地	brillante	辉煌地
buffo	滑稽地	cantabile	如歌地
dolce	柔和温柔地	dolente	悲哀地
elegante	细致精美地	espressivo	有表情地
giocoso	诙谐地	grandioso	华丽地
grazioso	优美地	leggiero	轻快地
maestoso	庄严隆重地	marcato	着重清晰地
scherzando	诙谐地	tranquillo	安静地
legato	连奏	staccato	断奏

2006年之前国内部分开设双排键电子琴专业的院校 （按首字比划排列）

1. 上海音乐学院
2. 上海师范大学音乐学院
3. 大庆师范学院
4. 大连大学音乐学院
5. 广西艺术学院
6. 中央音乐学院
7. 天津音乐学院
8. 内蒙古科尔沁艺术职业学院
9. 北京现代音乐学院
10. 四川音乐学院
11. 辽宁师范大学
12. 华侨大学福建音乐学院
13. 江西师范大学音乐学院
14. 西安音乐学院
15. 沈阳音乐学院
16. 沈阳师范大学职业技术学院
17. 杭州师范学院音乐艺术学院
18. 武汉音乐学院
19. 现代管理大学艺术学院
20. 哈尔滨师范大学艺术学院
21. 哈尔滨学院艺术与设计学院
22. 星海音乐学院
23. 唐山师范学院
24. 浙江艺术职业学院
25. 浙江丽水学院艺术学院
26. 深圳艺术学校
27. 厦门大学艺术学院
28. 新疆师范大学音乐学院
29. 新疆艺术学院音乐学院
30. 福建艺术职业学院
31. 燕山大学

32. 上海音乐学院附中
33. 天津音乐学院附中
34. 四川音乐学院附中
35. 西安音乐学院附中
36. 沈阳音乐学院附中
37. 武汉音乐学院附中
38. 星海音乐学院附中
39. 沈阳音乐学院附属大连音乐舞蹈学校
40. 武汉音乐学院附小

中国音乐家协会双排键电子琴考级作品集
练习曲参考演奏 CD 目录

中国音乐家协会双排键电子琴考级作品集
复调参考演奏 CD 目录

1. 三级第 1 首
2. 三级第 2 首
3. 三级第 3 首
4. 三级第 4 首
5. 四级第 1 首
6. 四级第 2 首
7. 四级第 3 首
8. 四级第 4 首
9. 五级第 1 首
10. 五级第 2 首
11. 五级第 3 首
12. 五级第 4 首
13. 六级第 1 首
14. 六级第 2 首
15. 六级第 3 首
16. 六级第 4 首
17. 七级第 1 首
18. 七级第 2 首
19. 七级第 3 首
20. 七级第 4 首
21. 八级第 1 首
22. 八级第 2 首
23. 八级第 3 首
24. 八级第 4 首
25. 九级第 1 首
26. 九级第 2 首
27. 九级第 3 首
28. 九级第 4 首
29. 十级第 1 首
30. 十级第 2 首
31. 十级第 3 首
32. 十级第 4 首